어제, 생일

교과연계
초등 국어 6학년 1학기 1단원 비유적 표현
중등 국어 1학년 1단원 아름다운 표현(천재교육)
중등 국어 3학년 1단원 문학의 가치(천재교육)

청소년 권장도서 시리즈 4

어제, 생일

2019년 4월 24일 초판 1쇄
2023년 12월 1일 초판 3쇄

시 추필숙 그림 한채윤
펴낸이 김숙분 디자인 김은혜·김바라 홍보·마케팅 최태수
펴낸곳 (주)도서출판 가문비 출판등록 제 300-2005-60호
주소 (06732)서울시 서초구 서운로19, 1711호(서초동, 서초월드)
전화 02)587-4244~5 팩스 02)587-4246 이메일 gamoonbee21@naver.com
홈페이지 www.gamoonbee.com 블로그 blog.naver.com/gamoonbee21/
제조국 대한민국 사용연령 8세이상
주의사항 종이에 베이거나 긁히지 않게 조심하세요.

ISBN 978-89-6902-210-3 43810

어제, 생일

추필숙 시 | 한채윤 그림

가문비
틴틴북스

🌼 시인의 말

너의 오늘을 축하하며,

지금 시간이 흐르고 있는 이날이 바로 오늘입니다. 오늘은 누군가의 생일이거나 기념일이지요. 날마다 아무 날도 아닌 날은 하루도 없습니다. 예리와 예승이처럼 이름만 보면 남매 같지만 실은 여자친구와 남자친구인 이 둘의 오늘은 어떨까요?

詩를 시험에 나오는 시와 안 나오는 시로 나누는 수진이의 안부를 보라한테 묻는 사람이 있다는 건, 수진이와 보라가 절친이라는 걸 인정한다는 뜻이지요. 친구란 서로에게 숨 쉴 시간과 공간을 함께 나누는 사람이니까요. 생일을 챙기고, 흑역사에도 서로 배꼽잡고 웃어넘길 줄 아는 친구를 보세요. 시험과 시를 경쟁이 아니라 함께 누리고 즐기는, 그런 날도 오겠지요. 내 인생의 편집은 내가 한다는 거 잊지 마시고요. 남이 해 주는 악마의 편집에 기죽을 이유가 없겠지요.

곧 비가 오겠지요, 봄비! 비 갠 뒤의 공기가 얼마나 새침한지 압니다. 특히 봄비 갠 어느 날 학교에서 만난 현수와 미지와 형규의 이야기가 연초록의 싱싱함과 풋풋함을 한가득 매달고 한 그루 나무처럼 꿋꿋하게 서 있는 걸 봅니다.

한때 진초록이라는 말을 들으면 슬펐던 적이 있었지요. 진해지다가 결국 지는 초록, 지친 초록의 늘어진 잎사귀가 떠올랐기 때문입니다. 매미 울음에 녹초가 된 잎사귀, 잎사귀도 귀라서 우는 소리 계속 듣다 보면 저절로 따라 슬픕니다. 그러다 진초록이 연초록을 부른다는 걸 알게 되었습니다. 슬픈 날이 기쁜 날을 불러 낸 겁니다. 어제, 생일이었던 너에게도 축하는 늦는 법이 없습니다. 축하해, 축하합니다!

이 시집이 "오늘"처럼, "친구"처럼, 기억되기를 기대하며…….

2019 새봄, 추필숙

차례

1부

수진이 생일

학원 마치고
편의점에서
초코파이를 나눠 먹었다
학원 차는 이미 떠났고
수진이와 나는
천천히 밤길을 걸었다
바닥이 드러난 저수지처럼
휑한 버스 정거장엔
사람도 버스도 서지 않았다
자정까지 걸었다
어제와 오늘의 경계를 넘었다
밤을 같이 보냈으니
사귀자는, 수진이 말에
별이 먼저 깜빡거린다
야호!
누가 닦아놓은 것처럼 밤이 빛난다

나 어떡해

저 오빠 좀 생기지 않았냐,
딱 요렇게 말했는데

다음날 내가 그 오빠 좋아한다고
온 학교에 소문났다

전학 가야 하나?
진짜, 좋아해 버릴까?

I루 레드석에 앉아

평면으로 눌린 지도처럼
야구장은 초록이었다

나는 야구공이 좋다
가죽 냄새 날 것 같은 투수의 손을 벗어나
직선이든 곡선이든 제 길을 가는 공
홈에 남거나 홈을 넘거나
선택의 여지가 있는,

공을 탐사하기 위해 나는
야구장에 간다

빨간 실밥 하트 무늬가 있는
야구공을 보러 간다

투수가 되겠다고
나랑 헤어진, 널 보러 간다

깁스, 무게 달기

무쇠 팔 생기니
청소도 빼 줘, 벌도 안 서, 좋겠다기에
이게 얼마나 무거운지 아느냐고
앓는 소릴 했더니
예승이가 외친다

－체중계에 달아보자

강당으로 몰려갔다
오늘 몸무게에서
어제 몸무게를 빼기로 했다

－아니, 이건?

－이제, 봤냐?

짜식들, 눈금은 잊고
깁스에 그려진 하트만 본다

구절초

이름만 보면,

일절부터 팔절까지 생략된
구구절절의 줄임말 같은

구절초 꽃

예승이 국어책에 끼워줬다

큰절하다

버스에서 내리다 넘어졌다
물 밖으로 나온 물고기처럼 펄떡거렸다

고래였다면
물이라도 뿜었을 테지만

큰길에서
큰절을 해버린 거다

그때였다
절값이라며 내미는
그 애의 손, 잡고 일어섰다

시 쓰기 시간에
친구 얘기라며 써냈더니

선생님이 그 친구 뒷이야기를
두 번이나 물어본다

이름을 부르다

이월드 별빛벚꽃축제에 가서
메가스윙삼육공을 탔다
신발이 날아갈까 봐 벗고 탔다
예승이는 죽도록 내 이름을 불렀다
컬링선수가 올림픽에서 영미영미 부르듯
예리예리예리 부른다
나는 내 몸에 힘주느라
널 부를 힘이 없는데
놀이공원에 예리라 불리는 애들 다 몰려들기 전에
목청이 금메달감인 너한테
나 살아있다 외쳐야 하는데
별과 꽃 사이
허공에 뜬 나는, 그만 음 소거가 되어
맨발만 슬로모션으로 허우적거린다

신발 찾아 신고
하늘에도 나무에도 별이 뜨는
밤, 예승아승아승아
공중에서 못 부른 이름 실컷 부른다

남매로 오해받기 딱 좋은
이름, 예승과 예리

왼손으로 가위질을 못 하는 현수

오른손잡이 현수는
왼손으로 가위질을 못 해

가윗날이 서로 비껴가
스치기만 해

날이 서지 않는
현수의 왼손에 잡힌 가위처럼

나는 현수한테
도무지 날을 세울 수가 없다

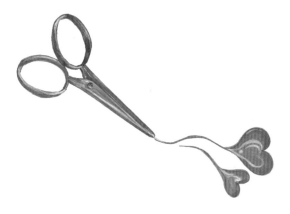

곱슬머리

머리 감고
덜 마른 채 등교하다가
날벼락 맞아

파마했냐고
다짜고짜 이름 적히고
벌점 받아

비 오거나
만원 버스 타거나
축구 한 게임 뛴 날은

쉬는 시간마다
화장실 거울 보며
드라이해

그래도
비애가 환희로 바뀐 건
곱슬머리 멋져, 수진이 한마디

초카초카, 생일

축하 문자를 받았다

추카추카 추카추카 추카추카 초카초카 추카추카……

열 몇 개가 넘는 추카추카 중에 딱 하나, 초카초카

예승이의 무의식일까
우연을 가장한 계획된 오타일까

마음을 촉촉하게 하는 말
내 눈에만 멋져 보이는

그래 너, 초카초카

닮았다는 말

뒤통수를 쳤다는 말
그 누구 아니라서
미안하다는 말
그럴 리가 없지만
그래도 그 누구였으면 하는 말
아닐 리 없는데도
그런데도 아닐 수 있다는 말
붉어진 얼굴 숙이며
뒤로 반 발자국 물러서는 말

제 뒤통수나 몇 번 긁고는
끝내 더듬거리며 돌아서는 말

엉겅퀴 꽃이 피었습니다

화단에
엉겅퀴 피었다
야생화 아니었나,
산을 내려온 거니?
발가락이 부르텄겠구나
엉겅퀴라는 이름에는
발톱이 숨어있다고 말했던
보라야, 보라야, 보라야,

오늘은 보라색 꽃
앙큼한 손톱 같은

황보라, 네가 전학 가고
거짓말같이 엉겅퀴 보았다

울고 싶은 날

야자 빼먹고
스케이트 타러 갔다
다들 시계 반대 방향으로
돈다 시간을 거스르고 싶은 걸까
몇 바퀴 돌지도 않았는데
쉬이잉 얼음 우는 소리가
거슬린다 발바닥이
아프다 복사뼈가
시큰하다 무릎이
시리다 손목을 타고 목이
따끔하다 울음을
참고 있을 뿐인데
아무리 거슬러도
그 자리다

만난 지 177일
헤어진 지 3일째

지는 싸움

무작정 집을 나섰다
골목에서 비를 만났다
몇 방울
또 몇 방울
그 몇 방울이 동시에 덤빈다
언제나 떼로 덤빈다
정정당당 일대일도 모르는 놈들
나는 줄행랑치다 금세 붙들리고 말았다
흠씬 두들겨 맞으며 생각했다
핸드폰은 지켜야 한다
지켜야 할 것이 있는 사람은
손에 쥔 것을 놓지 않는다
우리 그만 만나
네 말을 지키려고 주먹을 꽉 쥐어본다

자전거에게 배우다

앞만 보고 달리기는 쉽다
어려운 건 나를 멈추는 것

브레이크는
단번에 찍는 마침표가 아니라고

바퀴를 붙잡고 늘어지는
바닥이 알려준다

– 끼이이익

수진이 앞에서
바퀴는 서고 나는 날아간다

나만의 사진 정리법

스마트폰에 저장된
사진을 정리한다

시간의 흐름이나
장소의 이동에 따르는 건
고전적이라, 통과

인물과 배경으로 나눌까
그것도 무난해서, 통과

그 애 얼굴 환한 순서로
둘 다 찍힌 것부터
좋아, 이거야

2부

맹세합니까?

공부는 엉덩이로 한다는 학주의 가르침에 따라 올해 고3인 우리는 의자에 뿌리내리고 저마다 전등 불빛으로 광합성을 하여 제각각 굵고 튼실한 열매를 맺을 것을 굳게 맹세합니다!

새가 난다는 말은

사선을 그으며 수평선을 넘는다는 말
수평선에서 한 번쯤 출렁거린다는 말
출렁거리다 헤쳐 나간다는 말
뒤늦게 수평으로 따라붙는다는 말
따라붙다 주춤한다는 말
주춤하다 뻗어 나간다는 말
뻗어 나가다 한 떼로 뭉친다는 말
뭉쳐야 산다는 말
이학년 이반 서른세 명이
야자 하다 말고
교실 창문에 붙어서
날아가는 기러기를 본다는 말

산세베리아

4교시 기가 시간에
산세베리아를 심었다

모둠별 스티로폼에
뼈대처럼 잎을 세우고
옥돌을 채웠다

줄기 없이
잎에서 뿌리가 나는 풀

한 포기가
공기 정화기 한 대라면서

교실 미세먼지 잡기,
과제를 마치고

우리는 농부처럼
허릴 펴고 밥 먹으러 갔다

염분 > 소금 > 나트륨

나트륨 줄이기 아이디어 공모전 포스트가 붙었다

염분의 주성분은 소금이고, 소금의 주성분은 나트륨이다
고로, 나트륨과 우리 반 왕소금은 떼려야 뗄 수 없다

응모를 하느니 마니 분분한 가운데
왕소금, 예리의 첫 마디는

"상품이 뭐야?"

그렇다,
역시 왕예리는 나트륨보다 한 수 위다

청소물고기

복도는 강이다
상류와 하류가 수시로 바뀌는,

빗자루싹싹물고기 먼지털이물고기 밀걸레물고기 쓰레기봉투물고기 창에입김호호물고기 거기다 자기가 청소 당번인지도 모르고 괴성만 지르는 피라미까지

물살 대신
햇살 헤집고
떼 지어 출렁거릴 줄 아는
우리 반 청소물고기들

미지수

오늘도 눈으로 말했나 보다
퉁퉁 부었다

우리는 미지의 눈물을 미지수라 부른다

상담실에만 들어가면
울컥, 눈물 난다는 미지
울면, 목이 쉰다는 미지

눈으로 숨 쉬는 거였다

미지수는 숨소리 같은 거였다

컵라면파

느슨한
삼각김밥파와는 달라

단축키처럼
단숨에 해결하긴 싫어

2교시 마침 종을 신호로
매점으로 달린다

후루룩후루룩후루룩
　후루룩후루룩후
　　루룩후루룩
　　　후루룩

10분을 꽉 채운
한 그릇!

수학 직거래

1:1로
내게 수학을 팔겠다고 나선 형규

아는 사이라서
덤으로 문제 열 쪽 더 얹어주겠다 하네

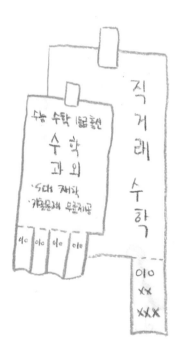

공부 총량의 법칙

11:50 ⟨00:25 ⟨01:00 ⟨01:35 ⟨
잠드는 시간이 점점 늦는다

⟩05:10 ⟩05:45 ⟩06:20 ⟩06:55
잠 깨는 시간을 점점 늦춘다

빨간 날

내 생일엔 나라도 놀아줘야 하는 거 아냐?

먹고사니즘

겨울방학인데도
출석이다

3교시 마치고
'배달의 민족' 앱으로
2인 1닭
주문을 해둔다

4교시 마치자마자
교문으로 뛴다
평창올림픽 응원카드와 함께
금메닭 은메닭 동메닭 쿠폰이 따라왔다

우리는 방학도 올림픽도 잊고
먹고사니즘에 빠졌다

젓가락 머리 위로
소-리-질-러-
바삭 와삭 우걱 와걱

쩝쩝 쫍쫍 꿀꺽

끄윽

박수와 점수

고3 되니
음악 수업이 없다

그래서 학교 밖,
음악실에 간다

한 곡 부를 때마다
기계가 채점하고

팜파라팜 파파팜!
팡파르가 울린다

음치 박치도
박수 받는 점수,
노래방에 있다

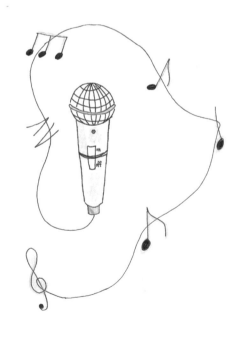

카더라 통신

이번 시험에
평균 0점이 나왔대

도대체 누구냐?

전 과목 0점을 맞다니
맞을 수도 있다니

뒤통수 맞은 듯
두리번거리느라

내 성적은 까맣게 잊었다

벌집

3학년 기숙사는

기웃거리는 게 아니다

건드려보는 게 아니다

오지선다

다섯 손가락 중 깨물어 안 아픈 손가락을 찍어보자

자도 나도

손끝에서 빙빙 돌던 10cm 자가
300cm를 날아갔다

셔틀콕처럼,
옆 분단 맨 앞자리 현수가 풀던 수학 문제집 위에
내려 꽂혔다

자도
나도

복도로 쫓겨났다
우리 반 졸음을 몽땅 끌고 나갔다

3부

한 줄

내가 푼 문제 한 줄로 이으면 지구 허리를 몇 바퀴나 감을 수 있을까?

쉬고 싶은 날

그네에 앉으면
발밑이 보이기 시작한다

앞뒤로 흔들릴지언정
한 발짝도 나아가지 않을래
건너편으로 건너가지 않을래

공중에서 할 일 없는 발
그냥 두고,

쉼표처럼
크게 숨을 쉬어본다
숨만 쉬어본다

오 분만!

땡땡이

버스 승강장 의자에 앉아
책가방을 꼭 끌어안았다

지금쯤 친구들은
아침 자습 하겠지
곧 1교시 시작종도 울겠지

탈까, 말까
종점까지 갈까
시외까지 가 볼까

머뭇거리는 동안
아카시아 향기를 태운 버스가
학교로 간다

내 삶이 진짜라는 증거

시들어야 진짜 꽃
사는 게 시들시들한 나

비 오네 빈 그네에

가방에 손을 넣는다
아까 교문에서 나눠주던 일회용 비옷
재수학원이라 찍혀있어서
재수 없다던 비옷의 비닐을 뜯는다

놀이터엔 아무도 없다
비 비린내 나는 그네에 앉아
그넷줄을 꽉 잡는다
폭풍우 만난 배처럼 흔들린다

비가 목으로 손목으로 발목으로 들이친다
내 몸에 길목이 세 개나 있다
그네가 난파되기 전에
모래땅에 내려선다 재수든 백수든
길은 있다

발을 길들이다

3년 동안 나는
학교 가는 길을 길들였다
깨진 보도블록은 깨금발로 딛고
공사 중, 간판을 피해 게걸음을 걷고
오거리 신호등의 불빛에 맞춰 뛰고
자전거를 앞지르기도 했다
오직 두 발로 한 일이다
그러고 보니, 나는 길이 아니라 발을 길들였다
이제 발은 내 말을 듣지 않고 길의 말을 듣는다
무한 반복 재생 버튼을 누른 것처럼
집만 나서면 학교로 가는, 발

넌 어때?

당당히

시험이 끝나고
당당히 교문을 나섰다
길 위에도 길가에도 길 건너에도 모퉁이에도
뱀 한 마리 없다
태풍이 눈을 감거나 유에프오가 솟았다는 소식은
실검 순위에 없다
차들은 얌전하고
신호등은 무덤덤하다
이 빠진 보도블록 하나 없고
걸려 넘어질 그 흔한 돌멩이 하나 없다

낮에,
대낮에,

봉투

쓰레기봉투가 두루뭉술 부푼다
가장 큰 쓰레기는
우리 반 청소 당번이 버린
'구시렁거림'이라고 한다
겉에서 보면 그저 둥글둥글한 봉투
둥근 것이 험하거나 위험하기는 참 어려워
뭉글뭉글 혼자서 속만 끓인다

성장통처럼
터지기 직전까지
참는다

휘날리는 허리를 보았다

허리를 바로 세웁시다!
—똑바로정형외과의원

버스 승강장에 걸린
현수막이 보인다

종일 책한테
굽실거리느라
이제야 꿈틀거리는 나처럼

허리를 비틀며
달려온 막차,
삐걱 삐거걱 서고

그제야 맘 놓고 휘날리는
현수막이 보인다

인체의 신비

시험증후군이라고 들어봤니?

시험을 앞둔 인체의 반응은 가히 신비스러워

눈 그늘에 코피 쏟고 입술 부르트고 뾰루지 돋고 온몸이 쑤셔

싸움에서 진
싸움닭 꼴로 자연스럽게 변신해

이 정도 증상이면
병결 처리 되려나?

우산

학교 갈 땐 있다, 우산
집에 올 땐 없다, 우산
이분법뿐인 연애 같아서

펼친 우산이 사라진 적은 없다
기다리게 한 적 없다
공개연애 같아서

접힌 우산은 자주 손을 놓친다
늘 기다리게 한다
비밀연애 같아서

갈-대-라고

갈대를 갈때라고 말하면
가야 할 때가 되었다며
갈대들이 성큼 길 나설 것 같아
나는 갈-대-라고 한 글자씩 끊고는
입 모양은 크게
소리는 작게 밀어내
한 호흡에 말해버리면
뼈마디를 뚜두둑 꺾으며
나처럼 휘청거릴 것 같아
갈대를 부를 땐
한 자 한 자 정중하게
그-대-하듯
갈-대-라고 해

운동화를 말리다

젖은 운동화를 비스듬히 세워놓는다
야자시간 짝다리 짚고 창에 기댄 채 건들거리던
나처럼,

공부 안할 거면 복도로 나가란 소리에
당당하게 슬리퍼 끌던
나처럼,

잠깐이라도 끈 좀 풀어줄게
자리도 비켜줄게
마르든 말든 그냥 둘게

비 오는 날에,

책상의 변신

시험 끝나자마자
세워 두었던 문제집들
모두 바닥에 깔았다
그 위에 스킨 에센스 로션 비비크림 쿠션
단어장에 있을 것 같은 영어 이름의 화장품들이 올라앉았다

책상이
화장대 되었다

거울 하나로 화룡점정을 찍는다

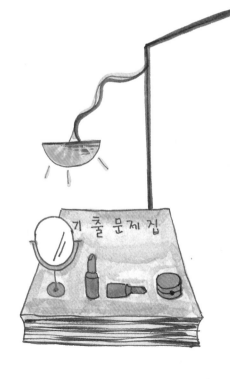

턱과 탑

학교 담장 허문 자리에
꽃나무와 바위가 옮겨왔네

그날부터 교문보다 가까운
바위는 제2의 문턱이 되었네

소문으로 들었는지 목격을 했는지
바위 좀 그만 괴롭히라는
담임의 명이 있었네

낯 선 곳에 왔으면
나무처럼 불편하게 서 있을 줄도 알아야지
퍼질고 앉은 바위가 괜히 얄미웠을 뿐인데

전학 가는 너를 보며
거기선 네가 바위처럼 지냈으면,
그런 생각이 들었네

오늘 밤 바위 위에 돌멩이 몇 개 얹어놓을게
턱이라서 넘었지만
탑이라면 돌아서 다니겠지

시험 첫날

첫차 기다리는 동안
발등이 밝아온다

시험지처럼
네모로 다가오는 버스,

1교시로 가는
국어버스에 올라탄다

4부

금단현상

책을 덮으라니요
시험이 내일인데
샘, 우리한테 왜 이래요
우리는 태교 때부터 평생 교육만 받아서
공부중독인 거 아시잖아요
자습이나 복습도 아니고
시험 범위에서 벗어날 준비가 안 됐는데
책장을 덮으라니요
억장이 무너지네요
귀가 무뎌진 걸까요
환청은 아니겠지요
샘, 우리한테 왜 그래요

이야기 메뉴

첫 수업 시간
질문 대신 주문을 한다

한 반 한 메뉴
"선생님 첫사랑 얘기요!"

졸다

월요일 국어 시간엔 기차 소리가 더 크게 들린다

선생님 목소리가 바퀴에 감겨 기차를 따라간다

기차보다 빨리 달리던 나무가 있었어 몽치는 짤막하고 단단한 몽둥이야 오래 써서 끝이 닳으면 모지랑이라고 해 나무는 자기가 얼마나 빠른지 알려고 하지 않아 그냥 모르쇠야 이쯤 되면 꿈이라도 너무 앞뒤 서사가 어긋나

소리는 소리를 쫓아간다 책상 밑으로 속닥거리는 소리 키득거리는 소리가 선생님 목소리를 추월한다

드디어 기차가 속도를 늦춘다

"이번 내리실 역은 점심시간역…."

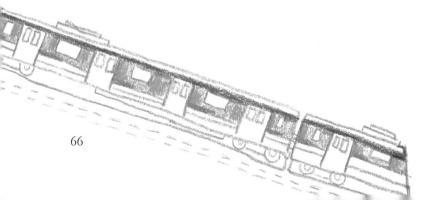

현문우답

샘, 저희가 고등학교라는 정거장에 너무 오래 머무는 거 아닐까
요?

이놈들아, 나는 삼십 년 차다

소리의 행렬

수업 중에는 교실 밖의 소리가 더 잘 들린다
소리의 행차라고 할까
지루한 차들 사이에 끼어든 끼이이익이라든지
망망 야아옹 왈왈 네발짐승이 동그랗게 짖는 소리
쥐어짜다 멎을 것 같은 구급차 소리
체육 시간을 뚫고 곤두박질치는 공 소리
굴착기 옆구리 비틀다 마는 소리
받아 적을 수 없는 새 나라의 새소리
가끔은 소리 없이 우는 빗소리
나뭇가지 하나가 전조도 없이 뚝 꺾이는 소리
그 가지 끝에 붙은 초록이파리 바르르 떠는 소리
언뜻,
잘 들어주는 것도 재주라며
상담 쪽 진로를 알려줬던 담임 목소리
슬쩍 끼어든다

아차!

세 시간짜리 알바

오빠가 옷 사러 가는 데 따라가 주면 오천 원 준다기에 금쪽같은
토요일 오후 동성로로 갔다 최저시급에도 한참 못 미치지만 차비
와 식비 별도라기에 따라간 건데,

남자 옷은 안 보고 여자 옷만 보다가 오빠와 싸우고 따로따로 버스
타고 집에 왔다 아 배고파 세 시간 못 채워서 오천 원도 날아갔다
엄마한테 신고해야 하나?

문명인답게

우리 엄마는 가끔
문명을 빌려 욕한다

문명인답게

씨-빌-쒸-빌
쒸빌롸이쪄이션!

내신 비법

내신은 말이지
시험 전 일주일이 핵심이지
평소 수업 땐 자더라도
이번 주만 잘 살펴봐
샘들은 시험지 다 만들었단 말이지
어떤 문제 냈는지 알고 수업한단 말이지
진도 나가면서 저절로 강조하게 돼
더구나 슬쩍 앞 페이지로 돌아가서 짚어 주는 건
무조건 시험에 나온단 말이지
야, 내 말 듣고 있냐?

아빠,
그거 중학교 때 좀 가르쳐주지
지금은 일주인 전부터 자습만 해
진도는 안 나간단 말이지
내 말 듣고 있어요?

축하해 엄마

깜빡했다

회식한 아빠도
야자 마치고 온 누나도
저녁 먹은 나도,

밤 11시가 넘어
거실에 돗자리를 깔았다

프라이팬에 삼겹살 올리고
맥주 따르고
식빵을 쌓아 누군가의 생일 때 쓰고 남은
초를 꽂는다

잠든 척 누워있던
엄마가 방문을 열고 나온다

닫히려는 오늘을 겨우 붙들고
1박 2일 생일잔치를 했다

내 방 책상에 대한 두 가지 해석

게임할 땐 방구석에 처박혀 뭔 짓을 하는지 뭐가 될지 모를 애

책만 펴면 그래그래 졸든 말든 뭐든 해봐야지 뭐가 되도 될 애

일요일 오후

엄마, 모기가 물었다고요
엄마, 변비라고요
엄마, 시계가 멈췄다고요
엄마, 비 온다고요
엄마, 안경이 흘러내린다고요
엄마, 배고프다고요
엄마, 여드름 났다고요
엄마, 쓰레기통이 꽉 찼다고요
엄마, 새끼손가락에 쥐났다고요
엄마, 양말목 늘어났다고요
엄마, 춥다고요
엄마, 의자 다리가 삐걱거린다고요

엄마엄마엄마엄마, 이러니 내가 공부가 되겠어요?

남의 눈

거울 고를 때
나는 앞이 아니라 뒤를 본다
앞면의 매끄러움이나 투명함이 아니라
뒷면의 무늬나 색을 보고 고른다

내 눈이 아니라
남의 눈을 먼저 짚는다

언젠가 와 본 거 같은 길

길의 어디를 봐야 와본 길인 걸 알 수 있니?

바닥을 보느라 올려다보느라 내다보느라
뒤통수를 따라가느라 딴생각 하느라
노점이나 간판을 힐끗거리느라
자전거를 피하느라
길을 못 봤어

길 안에서 길이 보이니?

풍경을 놓치고
그 길에 있던 너만 떠오르고
그 길이 떠오르지 않아

아는 길이라는 건
그 길에 내가 있었다는 말인데

오늘, 전에 와 본 거 같은 길에
혼자 서 있어

리본의 시대

우리는 왜 화살표에 길들었을까?

화살표를 따라 걸으면 간간이 나무나 전봇대에 매어둔 리본이 보인다 화살표가 2D라면 리본은 3D다 화살표는 스스로 움직이지 않아 화석이 되어가는 중이다 바람이 불어 이쪽이야, 리본은 꼬리 흔들며 내 맘을 끈다 가끔은 매듭을 풀고 한발 앞설 줄도 안다

리본의 시대가 오고 있다

반창고

면도날에 베인 턱을
휴지로 문질렀다

연고 내미는
엄마 손을 보았다

허연 가락지 같은
반창고가 칭칭 감겨 있다

나는 허연색이 싫다
모른 척 신발을 꿰차고 문을 민다

—일회용 밴드 사놓을게
엄마 목소리가 문틈에 낀다

근황

인형이 부럽다
(아무것도 안 할래!)

인형처럼 살지 않겠다고 소리친다
(내 맘대로 살래!)

내 고함을 못 듣는 인형과 살고 싶다
(흠, 방문 잠글래!)

지은이 추필숙

대구에서 태어났으며, 대학에서 문예창작을 전공하였습니다. 2002년 《아동문예》 문학상으로 등단하면서 작품 활동을 시작하였습니다.

저서로는 청소년 시집 『햇살을 인터뷰하다』와 동시집 『얘들아, 3초만 웃어봐』 『새들도 번지점프한다』 『일기장 유령』 등이 있으며, 장편 동화 『방과후 탐정교실』을 펴냈습니다.

오늘의동시문학상, 방정환문학상 등을 수상하였고, 중학교 국어 교과서에 작품이 수록되었습니다.

현재 학교와 도서관에서 독자들과 즐거운 만남의 시간을 갖고 있습니다.

이메일 : ps1968@hanmail.net

그린이 한채윤

대학에서 패션디자인을 전공하였고, 지금은 문헌정보학을 공부하면서 프리랜서로 일러스트 작업을 하고 있습니다.

이메일 : stae0801@naver.com